la cou~~rte échelle~~

Sylvie Le (handwritten signature)

D0253952

Les éditions la courte échelle
Montréal • Toronto • Paris

Chrystine Brouillet

Née le 15 février 1958 à Québec, Chrystine Brouillet a publié un premier roman policier en 1982: *Chère voisine* (Quinze éditeur) lui a valu le prix Robert Cliche. Ce premier livre a aussi été édité par Québec-Loisirs, France-Loisirs et traduit en anglais par General Publishing. L'année suivante, un deuxième livre suivait, *Coups de foudre* (Quinze éditeur).

Par la suite, Chrystine Brouillet a écrit plusieurs textes pour Radio-Canada, quelques nouvelles, tout en tenant une chronique dans la revue *Nuit Blanche*. En 1985, à la courte échelle, elle a publié un premier roman policier pour les jeunes intitulé *Le Complot* qui a remporté le Prix Alvine-Bélisle.

Elle rêve de cinéma et de bandes dessinées mais aussi d'enfants qui posent des questions dans le genre de celle-ci: Pourquoi dit-on des couvertures de livres? Les livres, ça ne dort pas...

Philippe Brochard

Philippe Brochard est né à Montréal en 1957. Il a fait ses études en graphisme au Cegep Ahuntsic. Depuis, à titre de graphiste et d'illustrateur, il a collaboré entre autres aux magazines *Croc*, *Le temps fou* et *Châtelaine*.

Mais c'est surtout la revue de bandes dessinées *Titanic* qui nous l'a révélé comme illustrateur. En janvier 1985, il a participé au XIIe Salon international de la bande dessinée à Angoulême, en France.

À la courte échelle, il a illustré *Le Complot* de Chrystine Brouillet.

Les éditions la courte échelle inc.
5243, boul. Saint-Laurent
Montréal (Québec) H2T 1S4

Conception graphique:
Derome design inc.

Dépôt légal, 1er trimestre 1988
Bibliothèque nationale du Québec

Données de catalogage avant publication (Canada)

Brouillet, Chrystine

Le caméléon

(Roman Jeunesse ; 9)
Pour les jeunes.

ISBN 2-89021-072-3

I. Brochard, Philippe, 1957-   . II. Titre.   III. Collection.

PS8553.R6846C35 1988   jC843'.54   C88-3646-X
PS9553.R6846C35 1988
PZ23.B76Ca 1988

Chrystine Brouillet

LE CAMÉLÉON

Illustrations
de Philippe Brochard

Chapitre I

Quand son père rentra à la maison, Catherine râpait des carottes. Emmanuel Marcoux était très content: il répétait souvent que les carottes, c'était bon pour les yeux. Mais il ne devait pas en avoir mangé beaucoup avant que sa fille se mette à lui en préparer car il portait des lunettes aux verres aussi épais que le fond d'une bouteille. Et il était si distrait qu'il les gardait parfois pour dormir.

Catherine se demandait souvent comment son père se débrouillait au laboratoire. Les chercheurs avec qui il travaillait devaient s'impatienter, car Emmanuel oubliait tout!

Catherine avait fait une omelette au jambon et une salade de tomates en plus des carottes. Son père reprit trois fois de la salade. S'il se réincarnait, ce serait en mouton: il pourrait brouter à sa faim. Catherine, elle, se voyait bien en chatte. On disait qu'elle était aussi indépendante que sa Mistigri. Chose certaine, elle ne ferait pas autant de bébés que sa chatte. Mistigri avait trois portées par année! D'ailleurs, elle était encore enceinte!

De toute manière, Cat ne savait pas si elle voulait des enfants. Ça ne devait pas être trop pratique quand on était astronaute. Même si la navette spatiale avait explosé, Catherine n'avait pas changé d'idée: l'espace l'intéressait! Et elle serait en avance sur tout le monde si jamais on devait s'installer sur d'autres planètes, au cas où la terre sauterait. Cat ne croyait pas que ça arriverait mais elle aurait pris ses précautions. Elle avait vraiment hâte de bouger dans la stratosphère. À son anniversaire, son père lui avait offert une balade en hélicoptère qui avait duré deux heures. Ce n'était pas assez long, et l'appareil ne volait pas très haut, mais c'était bien tout de même.

Après avoir lavé la vaisselle, Catherine et son père regardèrent les informations à la télévision. Quand on annonça la découverte du corps de

Marc Danjou, Emmanuel devint très pâle et se précipita aussitôt pour monter le volume du téléviseur. Le journaliste disait que la victime avait reçu une balle en plein front en sortant de son domicile.

— Ah non! Pas Marc Danjou! gémit Emmanuel.

Catherine s'approcha de son père même si elle ne savait pas trop quoi faire. Elle lui prit la main. Il la serra, puis se leva et éteignit le téléviseur.

— Tu connaissais Marc Danjou, papa?

— Oui. Je travaillais parfois avec lui.

Il faut que je prévienne Étienne.

Étienne Beaulieu était le meilleur ami d'Emmanuel Marcoux. Ils avaient étudié ensemble. Puis ils avaient trouvé un emploi au centre de recherche de l'hôpital. C'était presque un frère! À entendre parler son père au téléphone, Catherine comprit qu'Étienne savait déjà la nouvelle. En raccrochant, Emmanuel demanda à sa fille si ça l'embêtait de passer la soirée toute seule; il devait aller voir Étienne.

— Bien sûr que non, dit Cat.

Elle aimait bien regarder la télé en paix, et comme son père n'appréciait pas les mêmes émissions, il fallait toujours discuter ou tirer à pile ou face. Là, elle serait tranquille. Elle regarda un film fantastique: l'histoire d'une fille qui avait des pouvoirs paranormaux. Cat aurait bien aimé être une sorcière pour faire tout ce dont elle avait envie! Elle serait toujours la première à l'école. Même en français!

Après le film, elle écouta ses disques à plein volume. Habituellement, elle mettait un casque d'écoute sinon son père faisait tout un drame! Et durant la nuit, elle rêva au chanteur du groupe Émotion; il la prenait dans ses bras et l'embrassait!

Pendant que Catherine rêvait à son héros et que son père discutait du meurtre de Marc Danjou avec son ami Étienne, un homme entrait dans un restaurant. Il voulait vérifier son déguisement. Aussi avait-il choisi un endroit où on le connaissait, où il allait régulièrement. Il poussa même l'audace jusqu'à commander ce qu'il prenait habituellement. Le test réussit: personne ne se douta que sous cette perruque noire, cette moustache, ces favoris et ces lunettes se cachait un redoutable tueur à gages. Celui qui avait assassiné Marc Danjou: l'homme qu'on surnommait le Caméléon. Le criminel mangea tranquillement puis il retourna à l'hôtel: il devait dormir pour être en forme. Son travail n'était pas terminé...

Le lendemain, dans le journal, c'est à peine si on parlait du meurtre de Marc Danjou. Catherine eut l'impression que les enquêteurs étaient embarrassés et qu'ils n'avaient aucune piste. Personne n'avait rien vu. Pourtant, le crime avait eu lieu en fin d'après-midi. Il ne faisait même pas noir. Emmanuel dit que Marc Danjou habitait une maison isolée en banlieue, un peu comme la leur. En effet, Catherine et son père ne voyaient pas leurs plus proches voisins de la maison. Et même si Cat devait faire quarante minutes de bus pour aller à l'école, son père préférait vivre en dehors de la ville pour respirer l'air pur. Il devait sentir tellement de drôles d'odeurs dans son laboratoire qu'il avait envie d'autre chose quand il en sortait!

Cat pensait que son père serait fâché qu'on ne parle pas plus de monsieur Danjou. Comme si ce n'était pas grave… Mais Emmanuel ne dit rien. Il avait même l'air soulagé. Cat ne comprenait pas toujours son père… Surtout ce matin-là quand il lui dit qu'il irait la chercher à l'école: ça n'arrivait jamais! Catherine aurait été contente si elle n'avait pas décidé la veille, avec son amie Stéphanie, d'aller au centre commercial. Elle avait vu une ceinture noire qui lui plaisait beaucoup. Et elle avait économisé assez d'argent pour l'acheter. Son père dit qu'il irait avec elles si elle voulait. Là, Cat était encore plus surprise. Son père? La suivre dans des boutiques? Elle lui demanda en riant s'il était malade.

— Non, non, fit-il en rougissant.

Il ajouta qu'il ne voyait pas assez sa fille chérie.

— O.K., papa, viens avec nous. Mais n'oublie pas d'enlever ton sarrau blanc. Avec lui, tu as l'air d'un médecin!

À l'école, il y avait un nouvel élève. Il s'appelait Lôc et il arrivait du Viêt-nam. Il portait un gros chandail en laine noire. Ça allait très bien avec ses cheveux. Il n'y avait personne aux cheveux aussi foncés que les siens dans la classe. Cat aurait bien aimé que les siens soient aussi sombres, mais ils étaient bruns. Elle trouvait ça assez banal, merci! Elle aurait souhaité avoir des mèches roses, mais son père ne voulait pas. En quoi ça pouvait le déranger? La mère de Stéphanie refusait, elle aussi, que sa fille se teigne les cheveux blond platine. Pourtant, ce n'était pas leurs chevelures! Catherine et Stéphanie auraient dû avoir le droit d'en faire ce qu'elles voulaient!

Lôc avait l'air gêné quand le prof de maths l'a présenté aux élèves. Catherine aussi aurait été mal à l'aise: arriver à l'école avec un mois de retard et ne connaître personne... Ça ne lui aurait pas plu du tout!

Comme Cat était la meilleure en maths, le prof lui expliqua que Lôc s'assoirait à côté d'elle. Ainsi, Catherine pourrait l'aider si elle le voulait bien.

— Oui, évidemment, répondit Catherine.

Lôc lui fit un petit salut en s'inclinant légèrement. Un peu comme on voit dans les films. Cat était sûre que Stéphanie serait jalouse. Mais à la récréation, Stéphanie alla la retrouver comme d'habitude et elles parlèrent

toutes les deux avec Lôc. Il venait de Saigon. Mais il savait très bien le français parce que ses parents le parlaient couramment. Lôc avait treize ans, comme Catherine, mais elle le trouvait moins bébé que les autres garçons de sa classe. Peut-être parce qu'il avait voyagé. Il avait trois frères et trois soeurs.

— Chanceux! dit Cat.

Mais Lôc n'avait pas l'air d'apprécier.

— Si tu étais toujours obligé de jouer seul, tu comprendrais ton bonheur, dit Catherine avant que la cloche sonne.

Elle ne revit pas Lôc avant le midi, mais Stéphanie avait eu le cours de géographie avec lui.

— Tu sais, Cat, il est très fort en géo. Il connaît plein de capitales. Il a dit qu'il m'aiderait. Moi, je vais l'aider en histoire.

— En histoire?

Catherine était étonnée: Stéphanie n'avait jamais été bonne en histoire: elle disait que les vieilles chicanes de ses ancêtres ne l'intéressaient pas.

— Mais tu n'aimes pas l'histoire, dit

Catherine.

— Je n'aimais pas... Mais cette année, c'est merveilleux avec monsieur Pépin. Il est si intelligent! Si drôle!

Stéphanie avait toujours les meilleurs profs! Il y avait deux ans que Catherine et Stéphanie se connaissaient et c'était la même chose chaque année. C'était injuste! En plus, la mère de Stéphanie lui faisait des robes.

Catherine, elle, n'avait pas connu sa mère. Elle était partie vivre en Californie quand Cat était un bébé. Emmanuel disait que c'était une grande actrice et qu'elle avait été obligée de s'exiler pour faire carrière. Mais Cat aurait aimé que sa mère vienne parfois la voir. Stéphanie soutenait que les robes ne lui faisaient pas oublier les sermons de sa mère et que Catherine ne devait pas se plaindre d'avoir la paix! Cat disait que Stéphanie exagérait car sa mère était très sympathique. C'est avec elle qu'elle avait acheté son premier soutien-gorge. Madame Poulin connaissait ça: Stéphanie avait deux sœurs!

Pour le dîner, Catherine mangea

deux sandwiches aux cretons. Stéphanie lui en demanda.

— Je vais te donner ma tarte aux pommes en échange.

Cat savait que Stéphanie lui offrirait son dessert: elle adorait les cretons que faisait Emmanuel. Normal: c'étaient les meilleurs cretons de la ville! Selon la recette de la grand-mère de Cat. Lôc mangea avec les filles. Il ne connaissait pas les cretons mais il dit que leurs pâtés vietnamiens avaient un goût semblable. Il en apporterait quand sa mère en ferait. Pour le moment, elle était trop occupée à travailler.

Comme Lôc avait un journal, Catherine le lui emprunta. On reparlait du meurtre de Marc Danjou mais il n'y avait rien de nouveau.

— C'est incroyable! dit Catherine. On n'a rien découvert.

— Découvert?

— Oui, je vous ai parlé de l'ami de papa qui a été assassiné avant-hier: les policiers n'ont aucune piste. On dirait que le criminel a disparu...

— C'est possible, dit Lôc. Il y a des meurtriers qui sont très doués... des tueurs à gages, ou des espions...

— Hier non plus, il n'y avait rien dans le journal, dit Cat.

— Tu le lis régulièrement? demanda Stéphanie à Cat. Moi aussi.

Première nouvelle! Cat n'avait jamais vu son amie lire un quotidien: Stéphanie Poulin n'aimait que les magazines de mode et les romans.

— Je ne t'ai jamais vue lire un journal, Stephy!

— Je le lis depuis que j'ai des cours d'histoire avec monsieur Pépin; il dit que l'Histoire s'écrit tous les jours.

Monsieur Pépin par-ci, monsieur Pépin par-là: Stéphanie parlait de lui sans arrêt!

— Dis-moi, Stéphanie, es-tu amoureuse de monsieur Pépin? demanda Catherine en souriant.

— Tu es bébé, Catherine Marcoux! IIé que tu es bébé!

Comme Lôc n'avait pas l'air de comprendre, Catherine lui expliqua que ce n'était pas la peine. Stéphanie disait des bêtises, comme toujours...

Le lendemain, Catherine n'adressa pas la parole à Stéphanie de toute la journée. C'était Stéphanie qui l'avait traitée de bébé, c'était à elle de s'excuser! Cat trouvait ça ennuyeux de manger sans elle, mais elle fit quand même semblant de ne pas la voir à la cafétéria. Lôc n'était pas là non plus.

À la fin des cours, Catherine traîna un peu dans les couloirs avant de sortir pour prendre l'autobus. Au cas où Stéphanie voudrait lui parler... Cat savait qu'elle avait un cours dans la salle 512. Elle s'y rendit et vit Stéphanie qui pleurait toute seule.

Quand Stéphanie l'aperçut, elle lui dit de partir, mais Cat resta. Quand on pleure, on ne se rend pas compte de ce qu'on dit. Stéphanie pleurait aussi fort que Catherine quand elle avait manqué le spectacle du groupe rock Émotion. Elle pensait qu'elle allait en mourir!

— Stéphanie, pourquoi pleures-tu?

— Tu le sais bien!

Non, Cat avait beau chercher, elle ne voyait pas de quoi Stéphanie parlait.

— Tu sais, Stéphanie, je ne suis plus fâchée contre toi.

— Ce n'est pas pour ça que je pleure, Kate.

Parfois, Stéphanie appelait Catherine Kate, et elle Stephy parce que ça faisait anglais. Ce serait mieux lorsqu'elles iraient voir des spectacles!

— Mais pourquoi? Qu'est-ce qui se passe?

— C'est monsieur Pépin!

— Qu'est-ce qu'il a fait, monsieur Pépin?

— Rien.

— C'est parce que je t'ai dit que tu étais amoureuse de lui? C'était une plaisanterie.

— Non, c'est vrai! Je l'aime! Je l'aime de toutes mes forces!

Monsieur Pépin! Catherine était vraiment surprise! Elle ne le connaissait pas car elle ne l'avait pas comme professeur. Mais il lui semblait un peu vieux. Stéphanie lui dit que l'âge n'a pas d'importance quand on aime. C'était peut-être vrai.

Catherine et Stéphanie rentrèrent ensemble. Cat jura qu'elle ne parlerait jamais à qui que ce soit de l'amour de Stéphanie pour monsieur Pépin. Après

tout, Stephy était sa meilleure amie. Elles devaient tout se dire!

Le soir, Catherine lut le journal pour le commenter avec Lôc et Stéphanie le lendemain. Elle dit à son père que les policiers croyaient que Marc Danjou avait été victime d'un crime crapuleux. Elle ne comprenait pas ce que voulait dire «crapuleux» et Emmanuel lui expliqua. Il avait l'air satisfait qu'on ait écrit «crapuleux» dans le journal. Catherine s'étonna de l'attitude de son père.

— Mais je croyais que la mort de Marc Danjou te chagrinait!

Emmanuel répondit (encore une fois) que c'étaient des histoires trop compliquées pour elle. Comme si Cat était un bébé! Mais elle ne répliqua pas car elle voulait regarder un film de guerre à la télé.

— C'est trop tard, dit Emmanuel. Et puis c'est violent!

— Je le sais! Mais j'ai un ami vietnamien, Lôc. Et le film se passe au Viêt-nam: je veux voir à quoi ça ressemble là-bas.

Son père finit par accepter et ils regardèrent le film ensemble. Catherine rêva toute la nuit de gens qui jouaient à la roulette russe pour se tuer. Mais elle n'en dit rien à son père au petit déjeuner. Ensuite, il aurait eu une bonne raison pour refuser de la laisser voir un autre film!

Lôc aussi avait vu le film et il dit que c'était parfois comme ça à Saigon. Catherine décida qu'elle n'irait jamais au Viët-nam! Même si la cuisine semblait délicieuse! Lôc avait apporté des rouleaux de printemps et Cat y goûta. Il y avait de la laitue, des germes de soja, de l'omelette, du porc haché, deux crevettes et de la menthe fraîche. Le tout roulé dans une pâte pareille à du papier de soie. Pendant qu'elle mangeait son rouleau, Cat se demandait où était Stéphanie.

— Elle n'était pas au cours d'histoire ce matin, dit Lôc.

— Ah... Je comprends...

— Qu'est-ce que tu comprends, Cat?

— C'est parce que Stephy est am... rien... rien.

Oups! Cat avait failli révéler que sa meilleure amie était amoureuse! Stéphanie lui aurait arraché les yeux! Ou au moins les cheveux! Heureusement la cloche sonna et Catherine n'eut pas besoin de mentir.

Cat revit Lôc dans l'autobus qui allait au centre-ville. Ensuite, ils changèrent ensemble d'autobus. Ils réalisèrent qu'ils se rendaient au même endroit. La mère de Lôc travaillait à l'hôpital comme le père de Catherine! Quelle coïncidence!

— Est-ce que ta mère fait de la recherche, Lôc?

— Non, plus maintenant, elle est aide-infirmière. Mais au Viêt-nam, elle était médecin. En recherche aussi.

— Pourquoi ne continue-t-elle pas ici?

— Parce qu'on vient d'arriver, dit Lôc.

Catherine ne comprenait pas très bien pourquoi la mère de Lôc ne faisait plus d'expériences, mais l'autobus arrivait à destination. Catherine demanda à

Lôc s'il voulait visiter le laboratoire de son père.

— Je le rejoins là tous les vendredis.

— Tu crois que je peux? Ce ne sont pas des recherches ultra-secrètes?

— Pas vraiment. Il faut seulement enregistrer son nom à l'entrée, avant de prendre le couloir B qui mène au labo. Mais je connais les gardiens, ça ne posera aucun problème.

Cat et Lôc traversèrent le grand hall et la salle des urgences avant d'arriver au bureau F. Cat sonna deux petits coups. Après plusieurs secondes sans réponse, elle sonna de nouveau.

— C'est bizarre; habituellement, on m'ouvre tout de suite.

— C'est peut-être parce que je suis là: les recherches doivent être plus secrètes que tu ne le penses.

— Je le saurais!

— Mais non, justement! dit Lôc en riant. Ça ne serait plus un secret!

— Peut-être, admit Catherine, mais je déteste attendre. Viens. Je frapperai à la porte du labo. Papa m'ouvrira sans avoir été prévenu, c'est tout...

Et avant que Lôc ait eu le temps de protester, Cat le tira par la manche et ils s'engagèrent dans un long couloir sombre. Mais ils ne firent pas trois pas qu'ils bousculèrent un gardien qui sortait de la salle des toilettes. Ils tombèrent tous par terre mais le gardien se releva très vite. Il dit à Cat et à Lôc que c'était interdit de circuler dans cette zone. En même temps, il les entraîna vers l'entrée pour les empêcher de se rendre au labo. Cat réussit à se dégager.

— Mais je viens voir mon père! Au labo!

Le gardien tenta de la rattraper.

— Il n'est pas là.

— Il est toujours là le vendredi. Vous êtes nouveau, vous ne le savez pas, mais il travaille dans ce labo tous les vendredis. Et je dois le retrouver.

— Attendez-moi ici, je vais me renseigner pour savoir si vous pouvez entrer. Ne bougez pas!

Et le gardien s'éloigna en courant. Mais il avait pu entendre Catherine dire à Lôc:

— T'as vu? Le gardien a un tatouage au poignet! Une sorte de

reptile! Il est bizarre, ce type...

— Oui, très bizarre... Il a perdu ses lunettes et n'a même pas essayé de...

Lôc ne termina pas sa phrase, fronça le nez:

— Tu ne trouves pas qu'il y a une drôle d'odeur?

Cat huma l'air:

— Oui, ça sent le brûlé...

L'instant d'après, les deux amis entendirent un BOUM épouvantable, plus fort que tous les disques de Cat jouant à plein volume. Puis il y eut un bruit de verre cassé.

Cat se retourna en même temps que Lôc et ils virent une grosse fumée noire derrière eux. Elle courut vers le labo en criant «papa» mais Lôc réussit à la retenir.

— Attends, c'est dangereux!

— Mais papa...

— Le gardien a dit qu'il n'était pas là, dit Lôc même s'il n'en était pas très sûr.

À ce moment, plusieurs gardiens envahirent le couloir, courant vers le labo. Des gens criaient dans le hall et Cat vit apparaître son père, tout pâle.

— Papa!

— Cat! cria-t-il en se précipitant pour embrasser sa fille.

— J'ai eu tellement peur! Pourquoi n'étais-tu pas au labo?

— J'étais sorti par la cour intérieure plutôt que de faire tout le tour de l'hôpital pour me rendre à mon bureau. J'avais oublié mes lunettes.

Au mot «lunettes», Catherine se mordit les lèvres: ça lui rappelait quelque chose... «Lôc? Lôc? Mais où est-il?»

— Je suis venue avec Lôc, papa, dit Cat. C'est mon copain vietnamien: il doit être allé voir au labo ce qui s'est passé.

Effectivement, Lôc était au labo, ou plutôt, à ce qu'il en restait. Cat prit le bras de son père car elle savait qu'il était très découragé; les dégâts étaient énormes: des heures de travail réduites à néant... Emmanuel contempla le désastre durant quelques minutes puis il se tourna vers sa fille:

— Allez, je te reconduis à un taxi et tu files chez ta marraine. C'est inutile que tu restes ici. Moi, je n'ai pas le choix...

— Je peux trouver un taxi toute seule, dit Cat.

— Non, j'y vais avec toi, dit Emmanuel qui accompagna Cat jusqu'à la station de taxi.

Chapitre II

Alors que le personnel de l'hôpital s'agitait en tous sens, un homme quittait la salle d'attente des urgences avec d'autres malades. Il portait un bandage blanc très épais comme s'il s'était brûlé la main. C'était faux. Le bandage énorme était collé sur du carton. Il y avait assez de place entre le carton et le poignet pour cacher une fausse moustache, une perruque et des lunettes. L'homme se frappa le front: où étaient ses lunettes?

Le Caméléon ragea quand il comprit qu'il avait perdu ses lunettes au moment où la fille et le garçon vietnamien l'avaient bousculé. Et il se souvint que Cat avait vu son tatouage… Pourtant, le Caméléon portait des gants. Mais durant une fraction de seconde, le poignet de sa chemise était remonté et Cat avait pu voir le caméléon dont la queue touchait la paume de la main du tueur à gages. L'homme décida de ne pas parler de la gamine et du Vietnamien à ses chefs. Après tout, l'attentat s'était déroulé comme prévu. Le labo avait explosé: il ne devait plus y avoir personne de vivant à l'intérieur. Le Caméléon ignorait s'il avait tué ou non le gardien en l'assommant pour lui voler son costume. Mais il s'en foutait. L'important, c'était qu'Emmanuel Marcoux et Étienne Beaulieu soient dans un autre monde!

Il n'en était pas à son premier meurtre. Ses patrons l'employaient justement pour la désinvolture qu'il manifestait face à la mort. Du moins, celle d'autrui. Le Caméléon avait éliminé plusieurs personnes et il ne posait jamais d'autre question que le montant de la prime. Malgré son peu de curiosité, il avait appris que ses derniers crimes devraient interrompre les recherches auxquelles se livraient les savants au laboratoire. Le Caméléon s'étonna de la faible surveillance qui entourait ces expériences. Ses patrons lui expliquèrent que les recherches avaient justement lieu à l'hôpital, dans un labo ordinaire, pour persuader les gens qu'aucune expérience importante n'y était faite. C'était une ruse. Le Caméléon avait haussé les épaules: tout cela lui importait peu! Au contraire, c'était très bien: il avait pu poser sa bombe facilement.

Ayant quitté l'hôpital, il entra dans un restaurant et s'installa près d'une fenêtre pour voir ce qui se passait en face, à l'hôpital. Il mangea des frites en parlant avec une serveuse. Celle-ci ne reconnut pas le client qui était venu plus tôt dans l'après-midi car le Caméléon s'était débarrassé de sa perruque et de la moustache noires et était de nouveau blond. La serveuse voulait savoir ce qui s'était passé à la salle des urgences quand tout avait sauté.

Le Caméléon prit un accent étranger pour commenter l'événement.

— Oui, j'étais là. J'ai entendou un brouit horribilé. J'ai volou vénir ici car les courieux gênent toujours lé travaillé des polices. J'allais pour mon pansément. J'attendrai domani.

Le Caméléon racontait tout cela

sans émotion. Mais soudain il s'étouffa et blêmit. Il venait d'apercevoir Catherine qui traversait la rue avec son père.

Quoi? Emmanuel Marcoux était encore vivant? Mais comment était-ce possible? Le labo avait explosé! Et il devait travailler dans le labo! Le Caméléon sortit du restaurant en courant et regarda le père et la fille s'embrasser. Il avait envie de hurler: tout était à recommencer! C'était le premier échec de sa carrière d'assassin...

Pendant que le Caméléon ruminait sa défaite et se demandait comment l'annoncer à ses chefs, Catherine dormait dans la chambre d'amis, chez sa marraine. Pour déjeuner, le lendemain matin, il y avait des *crumpets* que la marraine de Cat avait rapportés de Londres.

— J'aimerais bien aller en Angleterre pour voir les punks et les autobus rouges, dit Cat alors qu'on sonnait à la porte. Ça, c'est papa!

Emmanuel avait l'air fatigué, mais il mangea de bon appétit les petits *crumpets* entre deux questions de Cat.

— Alors? Dis-nous! Qu'est-ce qui a causé l'explosion?

— Une bombe. Le gardien de sécurité qui était en poste a été assommé par un homme, déguisé en malade. Il a cru que cet homme s'était égaré et allait lui montrer le chemin quand celui-ci l'a frappé. Ensuite, le faux malade lui a volé son uniforme.

— Le gardien est gravement blessé?

— Non, sa casquette l'a protégé. Sinon, il risquait le coma... ou pire, dit Emmanuel en soupirant.

— Mais j'en ai vu un gardien! s'exclama Catherine. Même qu'il nous a bousculés! Je ne le connaissais pas!

— Quoi? Où l'as-tu vu?

— Près du labo. Juste avant l'explosion!

— Comment était-il?

— Je n'ai pas trop remarqué... Il était grand avec une moustache noire et des sourcils épais et des lunettes... Ah!

— Ah?

— Les lunettes! Il faut que j'appelle Lôc!

— Quelles lunettes? demanda Emmanuel.

— Les lunettes du gardien!

Lôc dit à Catherine qu'il avait toujours les lunettes. Et que c'était encore plus étrange qu'ils ne l'avaient cru au départ: les verres n'étaient pas correcteurs...

— Bon, on va chercher ton copain Lôc et on va voir les enquêteurs, dit Emmanuel. On aurait dû y penser avant.

Au bureau central de police, Cat et Lôc firent leurs dépositions et le garçon

rendit les lunettes: des verres neutres trahissaient la supercherie. Le gardien était un faux gardien. Les enquêteurs montrèrent des photos de criminels à Cat et Lôc. Malheureusement, il n'y avait pas celle du Caméléon. Il faut dire que les deux amis cherchaient un moustachu aux cheveux noirs...

De retour chez elle, Catherine téléphona à Stéphanie pour lui raconter son aventure. Stéphanie dit que cette histoire de bombe la distrayait de son amour malheureux. Ensuite, elle lui demanda si elle était amoureuse de Lôc.

— Non, pas du tout! Pourquoi penses-tu ça?

— Tu en parles souvent... Enfin, tant mieux pour toi, tu es bien chanceuse...

— Chanceuse? dit Catherine. Pourquoi?

— Tu n'es pas amoureuse... C'est compliqué, tu sais...

Cat approuva Stéphanie: l'été précédent, chez sa cousine, François Lemieux était amoureux d'elle. Et elle de lui. Sa cousine était très jalouse et elle fit semblant de tomber malade. Tout ça pour que Cat retourne chez son père et soit séparée de François. Cat a écrit à François mais il a répondu juste une fois à ses lettres.

— Ah! C'est vraiment difficile d'être amoureuse… J'ai besoin de tes conseils, Kate. Est-ce que je dois avouer mon amour à monsieur Pépin?

Cat en était persuadée: Stephy devait tout dire. Ce n'était pas honteux et monsieur Pépin serait sûrement flatté! Stéphanie déclarerait ses sentiments après le dernier cours du mardi.

Cat lui promit de l'attendre pour rentrer. Stéphanie pourrait lui parler de monsieur Pépin aussi longtemps qu'elle le voudrait; elle pourrait tout lui raconter. C'était bien normal: c'était sa meilleure amie.

Le dimanche, Cat eut un appel de Lôc qui n'arrivait pas à résoudre un problème de maths. Elle proposa à son copain de venir travailler chez elle: Emmanuel approuvait toujours qu'elle invite des amis pour étudier. Bien sûr, Lôc et Cat parlèrent de l'attentat.

— «Bandit», c'est *cuôp* en vietnamien, et «bombe», ça ressemble au français: *bôm*, dit Lôc pour répondre aux questions de Cat. Mais pourquoi n'as-tu rien dit au sujet du tatouage?

— Je ne suis pas certaine d'avoir bien vu, dit Cat...

— Réalises-tu que nous sommes les seuls à l'avoir rencontré, ce faux gardien? Nous seuls pouvons l'identifier.

Cat hocha la tête... Comment y parvenir?

Lôc pensait qu'un assassin revient toujours sur les lieux de son crime. Il tenterait de déceler une présence insolite quand il irait, comme chaque soir, rejoindre sa mère à l'hôpital.

Hélas, durant la semaine, malgré ses dons d'observation, Lôc ne vit pas l'ombre du Caméléon. Mais comment l'aurait-il reconnu? Le Caméléon changeait d'aspect régulièrement, et durant tout le temps où il suivit Lôc, il portait une perruque rousse et une barbe.

Car le Caméléon guettait Lôc: il voulait connaître parfaitement son emploi du temps ainsi que celui de Catherine. Il avait finalement parlé de Cat et de son copain vietnamien à ses chefs. Et ceux-ci étaient très mécontents.

— Première erreur: nous vous avions dit qu'il ne devait pas y avoir de témoin. Vous avez eu plus de succès avec Marc Danjou. Deuxième erreur: vous deviez liquider Emmanuel Marcoux et Étienne Beaulieu. Ils sont toujours vivants.

— Mais c'est vous qui m'aviez dit qu'ils étaient toujours au laboratoire le vendredi, à l'heure où la bombe a explosé. C'était votre idée… Moi, je préfère toujours les balles. Ou le lacet de cuir.

— Admettons, dit le grand patron, excédé. Mais il y a eu des témoins… ces deux enfants…

— C'est uniquement la fille qui est

dangereuse, dit le Caméléon. Elle seule m'a vraiment regardé.

Il ne parla pas du tatouage, mais proposa de tuer Catherine pour la moitié du prix habituel, puisque c'était son erreur. Ses patrons apprécièrent son initiative. Même s'il n'y avait pas grand danger: le portrait-robot fait d'après les indications de Lôc et de Cat ne permettrait pas d'identifier le Caméléon. Mais rien ne devait être laissé au hasard; Cat serait bientôt exécutée.

Une fois le Caméléon parti, le grand patron et son premier lieutenant décidèrent de faire assassiner leur employé quand il aurait terminé son travail.

Après le meurtre de Cat, de son père et d'Étienne Beaulieu, le Caméléon devrait diparaître: il savait trop de choses.

— Dommage, c'était un bon élément, dit le lieutenant.

— Oui, mais il a commis deux erreurs. C'est trop grave. Je n'ai pas mis au point ce projet pour échouer alors que j'atteins mon but...

— C'est sûr, patron!

— Nous aurons ces terrains!

— Oui, nous les aurons, répéta le lieutenant.

Et il pensa à tout l'argent qu'ils gagneraient quand l'autoroute serait bâtie sur ces terrains: le grand patron avait réussi à soudoyer des membres du gouvernement. Si des crédits n'étaient pas votés pour l'agrandissement de l'hôpital, c'est lui, le grand patron, qui, contre certains pots-de-vin, pourrait acheter les terrains voisins de l'hôpital.

— Mais, patron, êtes-vous certain que personne d'autre ne peut découvrir la cellule artificielle? demanda le lieutenant.

— Sûr. J'ai lu les dossiers de Marcoux et Beaulieu. Ce sont leurs recherches qui déclencheraient tout. S'ils trouvent la cellule, l'hôpital va acquérir une renommée mondiale. Et on agrandira le laboratoire sur les terrains que je veux. Il me les faut! Dans trois ans, on construira une autoroute: je te jure qu'elle passera sur *mes* terrains, et c'est moi qui aurai en plus le contrat de construction!

Le lieutenant trouvait qu'une cellule microscopique avait des pouvoirs incroyables. Cependant, il n'était pas là pour discuter mais pour exécuter les ordres. Il se chargerait personnellement du Caméléon quand celui-ci aurait fait son boulot...

Pendant que le grand patron discutait avec son lieutenant du sort du Caméléon, Catherine tentait de convaincre son père qu'elle devait aller le chercher au laboratoire en reconstruction à la fin de ses cours. Elle jurait qu'elle pouvait l'aider.

— Mais non, ma chérie, je préfère

que tu restes à la maison. On en a déjà parlé.

— Oui, mais s'il t'arrive quelque chose?

Emmanuel caressa la joue de Catherine:

— Tu es adorable mais tu t'inquiètes pour rien.

— Pour rien? N'oublie pas que tu devais être là quand tout a sauté! On voulait te tuer! Tu ne sembles pas le réaliser!

— Cat! Tu exagères, tenta de dire Emmanuel.

— Non! Tu sais que j'ai raison…

— Alors, si tu as raison, tu peux comprendre que j'aime mieux que tu restes ici!

— Mais toi! Tu es en danger!

— Non, plus maintenant…

Catherine constata que son père était toujours aussi entêté: risquer sa vie pour aller travailler! Si, au moins, il avait une arme! Il fallait vraiment que Lôc et elle découvrent le bandit!

Comme elle l'avait promis, Catherine attendit Stéphanie à la fin des cours, le mardi suivant. Stéphanie parla presque une heure avec monsieur Pépin. Cat avait hâte de savoir ce qu'ils s'étaient dit. Après tout, il y a des couples qui ont une très grande différence d'âge et qui s'entendent très bien. Pourquoi pas Stéphanie et monsieur Pépin? Cat attendait son amie près du bureau de monsieur Pépin, au deuxième étage. Assise sur le bord d'une fenêtre, elle voyait toute la cour et les rues avoisinantes. Elle remarqua une voiture bleue garée en face de l'arrêt du bus. Un type blond en sortit plusieurs fois mais il se réinstallait toujours dans sa voiture. «Il doit attendre quelqu'un», se dit Catherine.

Quand Stéphanie rejoignit Catherine, elle vit aussi la voiture et s'étonna: «Tiens, il est encore là? Il attend depuis ce matin, ce grand blond...» Mais c'était le dernier de ses soucis et elle s'empressa plutôt de raconter sa conversation avec monsieur Pépin.

— Il m'a comprise, Cat! Monsieur Pépin m'a dit qu'il fallait attendre, que le

temps arrangeait les choses!... C'est simple, je vais attendre d'avoir dix-huit ans. Il n'y aura plus de problème quand je serai majeure.

— Mais c'est long, cinq ans!

— Pas quand on aime, Kate! Il est tellement beau! Tellement intelligent! J'aimerais ça l'embrasser, tu ne peux pas savoir!

Comment, elle ne pouvait pas savoir? Parce que Stéphanie avait six mois de plus qu'elle, elle pensait toujours qu'elle en savait davantage!

Tu sauras que je sais ce que c'est embrasser, Stéphanie Poulin. Je l'ai déjà fait, voyons!

Stéphanie faillit rire, mais elle se retint car elle voulait parler de monsieur Pépin. Elle répétait sans cesse qu'il était beau.

Parce que Stéphanie était son amie, Cat ne disait rien, mais elle ne trouvait pas monsieur Pépin si beau... Elle sourit, puis, plus grave, elle reparla de l'attentat qui avait failli tuer son père. Stéphanie lui dit qu'elle ferait mieux de ne pas se mêler de tout ça.

— Tu es peureuse...

— Non, Cat, je ne suis pas peureuse. Sinon, je ne serais pas amoureuse, dit Stéphanie. Il faut du courage pour aimer.

— Ce n'est pas la même chose! Ta vie n'est pas en danger! Monsieur Pépin n'est pas un criminel. Il ne pose pas de bombes.

— Tu ne comprends rien, comme toujours!

Et Stéphanie Poulin alla s'asseoir loin de Catherine Marcoux.

Le problème, pensait Cat, c'est que Stephy est susceptible... Mais elle pouvait bien bouder dans son coin! Maintenant, Cat ne parlerait plus qu'avec Lôc. Tant pis pour Stéphanie.

Le lendemain, au cours de français, Cat se fit réprimander par la prof parce qu'elle parlait avec Lôc. Cette prof ne savait donc pas qu'une misérable petite pause de dix minutes ne suffit pas! Surtout pour mettre au point un plan d'attaque pour piéger un faux gardien!

Madame Lauzier énervait Cat: parce qu'elle était prof, elle croyait toujours avoir raison. Elle dit à Cat qu'avec ses piteux résultats, elle ferait mieux d'écouter son cours.

— J'écouterais si votre cours était intéressant, mais là...

— Oh! dit madame Lauzier, rouge de colère, je crois qu'une petite visite chez le directeur s'impose. Tu reviendras avec un billet signé par lui et un autre signé par ton père!

Aïe! Emmanuel allait sûrement supprimer la télé pour la semaine. Ce n'était pas juste: c'était madame Lauzier qui était embêtante et c'est Cat qui payait!

Le directeur se contenta de faire un sermon à Catherine étant donné qu'elle ne venait pas souvent à son bureau. Cat l'écouta distraitement puis elle le quitta. Elle flâna dans les corridors car elle voulait manquer la fin du cours de français. Elle jeta un coup d'oeil par une fenêtre et elle aperçut la Renault bleue! Celle qu'elle avait vue avec Stéphanie! Le type attendait donc depuis deux jours? Cat courut prévenir Lôc.

Quand elle entra à toute vitesse dans la salle de cours, tout le monde regarda Catherine mais elle s'en foutait! Elle donna à madame Lauzier le papier signé par le directeur et s'installa aussitôt près de Lôc. Elle ne refit pas la gaffe de lui parler: elle lui écrivit un billet. Heureusement, la prof ne la vit pas le lui remettre. Immédiatement après avoir lu le message où Cat parlait de la voiture, Lôc leva la main pour sortir. Comme il était toujours extrêmement sage, la prof lui donna la permission en soupirant très fort. «Comme si ça la dérangeait que Lôc aille aux toilettes! songea Cat. Si elle n'aime pas enseigner, qu'elle change de métier!»

La cloche sonna au moment où Lôc revenait dans la salle de cours. Il avait vu la voiture.

— Tu dois être suivie. Et peut-être que moi aussi... Mais on n'en parlera pas aux flics...

— Je suis d'accord! dit Cat. Ils croiront qu'on invente pour se faire remarquer...

— La seule manière de savoir si tu es suivie, c'est de te faire suivre...

— Tu veux dire que je dois servir
d'appât? demanda Cat en fronçant les
sourcils.

— Oui, mais moi, je suivrai ton sui-
veur! Si je vois que la voiture bleue te
suit, je préviendrai tout de suite les
flics!

Cat n'avait pas trop envie d'être

l'appât, mais quand Lôc proposa de prendre sa place, elle refusa. Elle avait peur que le bandit ne le reconnaisse pas. Pour les Occidentaux, tous les Asiatiques se ressemblent et vice-versa. Pas pour Cat, bien sûr, qui ne confondrait jamais Lôc avec quelqu'un d'autre. Mais le faux gardien, lui, ne l'avait vu que quelques minutes. Il pourrait suivre un autre Vietnamien et le plan échouerait.

À la fin des cours, au lieu de prendre le bus, Cat marcha très lentement vers chez elle. Lôc la suivait derrière, à bicyclette, prêt à alerter les enquêteurs si la Renault se mettait à poursuivre Catherine. Mais au bout d'une demi-heure, il ne s'était rien passé et Cat prit l'autobus pour rentrer. La voiture ne devait pas appartenir au faux gardien...

Si, la Renault était bien conduite par le Caméléon. Mais il ne pouvait tout de même pas enlever ou tuer Catherine en plein jour, devant tant de témoins! Avant de tenter quoi que ce soit, il devait connaître les horaires de sa victime, ses allées et venues...

Quand elle entra chez elle, Catherine oublia presque l'échec du plan qu'elle avait mis au point avec Lôc. Sa chatte avait eu des petits: quatre minuscules boules de poil gris et noir. C'était sûrement Alphonse, le chat d'un voisin, qui était le papa. Cat appela aussitôt Stéphanie car celle-ci voulait un chaton. Elle n'était plus fâchée contre Catherine.

— Est-ce que je peux venir les voir demain?

— C'est d'accord! Ils sont superbes, tu verras!

Cat téléphona ensuite à Lôc pour lui offrir un chaton.

— J'aurais bien aimé, dit Lôc, mais mon frère est allergique au poil de chat. On peut seulement avoir des poissons...

— J'aimerais ça en avoir, des poissons rouges, dit Cat, mais Mistigri les mangerait sûrement. Même si je mettais un grillage sur le bocal, elle réussirait à l'enlever. Elle est très rusée.

Emmanuel Marcoux, lui, soupira quand il vit les petits.

— C'est la dernière fois, Catherine. On va faire opérer Mistigri... Il va encore falloir trouver des gens qui veulent des chatons...

— Mais ils sont si beaux!

Cat refusait qu'on opère Mistigri car elle aimait s'amuser avec les bébés. Elle adorait les chatons. Peut-être plus que les bébés humains qui crient tout le temps.

Au journal télévisé, on annonça qu'un suspect avait été arrêté concernant le meurtre de Marc Danjou.

Peu de temps après, des enquêteurs vinrent montrer des photos du suspect à Catherine. Était-ce le faux gardien?

— Non, dit Cat. Je suis presque certaine que ce n'est pas lui. Le nôtre avait une figure beaucoup moins ronde.

Lôc ne le reconnut pas non plus. Le criminel courait donc toujours!

Le lendemain, Emmanuel reçut un appel au moment où Catherine revenait de son cours d'*aïkido*. Il faisait une drôle de tête quand il raccrocha le récepteur.

— Il y a eu une autre bombe à l'hôpital! C'est la panique!

— Quoi? Encore? cria Cat. Où?

— Dans les locaux administratifs. Je n'y vais jamais: tu vois bien que ce n'est pas moi qu'on vise! C'est affreux! Je dois m'y rendre!

— Je viens avec toi!

— Oh non... Je suggère plutôt que tu ailles chez Stéphanie, si sa mère accepte.

Stéphanie était déçue de ne pas venir voir les chatons, mais Cat les lui décrivit très précisément. Stéphanie était presque certaine de prendre le tout noir. Cat l'approuvait: c'était le plus beau. Même si le tigré gris était très joli aussi.

Les deux amies allèrent dans la chambre de Stéphanie pour parler à l'abri des oreilles indiscrètes. Cat raconta ce qui venait de se passer à l'école, et le plan raté où elle devait servir d'appât.

— Mais tu es folle, Cat! C'est trop dangereux! Jure-moi de ne jamais recommencer! Tu es ma seule amie! Laisse les policiers s'occuper de tout ça! Laisse les adultes entre eux!

— Mais monsieur Pépin est un adulte et il t'intéresse...

— Oui, reconnut Stéphanie. Regarde...

Stéphanie lui montra sa dernière copie d'histoire. Monsieur Pépin avait griffonné quelques mots dans la marge: *Tu peux faire mieux. J'écris ceci car je sais que tu es capable. Je veux te pousser à te dépasser.*

— Tu peux faire mieux! Il a dit que je pouvais faire mieux, gémit Stephy. Pourtant, j'ai bien travaillé. Il ne m'aime plus. C'est une façon de me le dire!

— Mais non! Tu te trompes complètement, dit Cat même si elle n'en était pas sûre — il fallait bien encourager Stéphanie! Il a écrit que tu pouvais te dépasser: ça veut dire qu'il a confiance en toi, Stephy. Il voulait peut-être te provoquer, voir si tu es susceptible. Si tu as bon caractère. Il aime peut-être les femmes plutôt calmes, alors il a gribouillé ça. C'est un test: si tu réagis mal, il va penser que tu n'es pas capable de supporter les remarques.

— Tu crois? demanda Stéphanie.

— Bien sûr, c'est une tactique. Les hommes sont curieux parfois, tu peux te fier à moi.

— Qu'est-ce que je dois faire?

— Rien. Tu fais comme si la remarque ne t'avait pas dérangée. Mais il faut que ton prochain travail l'éblouisse!

— Qu'est-ce que tu t'imagines, Kate? Je ne me suis jamais autant appliquée! Il faudrait que quelqu'un m'aide.

Catherine ne pouvait pas être très utile car elle n'était pas très forte en histoire, elle n'aimait que les sciences pures. Stéphanie aurait pu demander à Suzanne Morneau, mais Cat et elle la détestaient car elle se prenait pour une star! Elle avait toujours des vêtements neufs car sa mère travaillait dans une boutique de mode. En plus, elle était souvent la première de la classe. Et puis après? Ça ne la rendait pas plus aimable!

— Si tu demandes à Suzanne Morneau, elle va le répéter à tout le monde. Il faudrait trouver un ancien étudiant de monsieur Pépin: on saurait quel sujet il aime. Ou alors, il faut choisir un sujet que monsieur Pépin ne connaît pas trop. Il n'osera pas te mettre une mauvaise note ou critiquer.

Les deux amies essayaient de trouver ce sujet quand Cat eut une excellente idée: Stéphanie devait faire une entrevue avec une célébrité: un grand historien ou quelque politicien, ou encore une avocate bien connue qui pourrait parler des premières lois faites au pays... Monsieur Pépin ne pourrait pas contester ce que Stéphanie écrirait puisque ce ne serait pas ses paroles à elle!

Stéphanie était ravie.

— Kate, tu es la meilleure amie que j'ai jamais eue de toute ma vie!

Chapitre III

Pendant que Catherine et Stéphanie cherchaient une célébrité à interviewer, le Caméléon écoutait les communiqués à la radio. On parlait d'attentat sauvage, de meurtre crapuleux, de lâcheté. Les policiers avouaient cependant qu'ils n'avaient aucun indice. L'attentat n'avait même pas été revendiqué.

«Tiens, ils n'ont pas reçu ma lettre», se dit le Caméléon. Mais il continuait de sourire. Quand les enquêteurs recevraient sa lettre, lui serait occupé ailleurs! À tuer! Il relut le texte qu'il avait envoyé: *L'apocalypse est proche! L'enfer est parmi nous! Dans la poudre et le sang! Vous vivrez les guerres que vous payez à l'étranger!* Et il avait signé: *La main noire de la liberté.*

Quelle liberté? se demanderaient les personnes qui liraient la lettre. Certaines penseraient qu'il s'agissait d'un prophète fou, d'autres pencheraient pour une faction politique puisqu'il était question de guerres. Il fallait que les opinions soient multiples. Qu'on ne devine surtout pas la raison de ces actes criminels!

Catherine et Stéphanie n'avaient pas encore trouvé la personne célèbre quand Emmanuel vint chercher sa fille. Il l'emmena manger au restaurant. Cat était ravie! Elle prit des escargots parce qu'elle adorait le beurre à l'ail, puis une brochette d'agneau. Avec du gâteau forêt noire au dessert. C'était très bon. Même si Emmanuel avait l'air préoccupé; il pensait aux attentats.

— Papa, est-ce que tu crois qu'il va y avoir encore des sabotages?

Emmanuel soupira.

— Je le crains, hélas... Si seulement on savait quel but poursuit le criminel.

— Tu n'en as aucune idée?

— Si... mais je n'ai aucune preuve. Alors je préfère me taire. Ce n'est qu'une intuition.

— Dis-moi ton idée, papa!

— Non, c'est trop compliqué et je ne veux pas te mêler à tout ça. Je crois même que je vais demander à la mère de Stéphanie de te garder chez elle jusqu'à ce que tout soit rentré dans l'ordre. Je m'inquiéterais moins.

— Mais je ne veux pas y aller demain! C'est Stephy qui doit venir: elle veut voir le chaton!

— O.K. pour demain, je serai à la maison. Mais je préférerais que tu rentres chez ton amie après la classe, lundi. Je ne rentrerai pas à la maison avant dix heures le soir! J'ai encore deux réunions.

Emmanuel détestait les réunions; c'était, selon lui, une perte de temps. Cat, elle, aimait bien. À l'école, quand ils se réunissaient en équipes pour des travaux, elle travaillait toujours avec Stéphanie. Elles terminaient très vite leur ouvrage et ensuite elles parlaient de choses plus importantes.

Catherine et son père regardèrent ensemble le film de fin de soirée: *Les oiseaux* d'Alfred Hitchcock. Emmanuel dit que c'était impossible que des volatiles attaquent ainsi les gens. Il lui parla aussi de la mère de Lôc: il l'avait rencontrée à l'hôpital car elle avait travaillé toute la journée au service des urgences.

— Elle est très bien: très calme, très efficace: dans la pagaille qui a suivi la deuxième bombe, on a apprécié son expérience.

Cat téléphona à Lôc pour lui répéter ce que son père avait dit au sujet de sa mère, puis ils discutèrent de l'attentat. Pour pouvoir en parler à l'école sans qu'on les comprenne, Lôc enseigna à Cat quelques mots-clés en vietnamien.

— «Policier», c'est *cahn sât*, et «espion», c'est *gian diêp*. Il faudra les répéter à Stéphanie.

— Elle vient voir les chatons demain; veux-tu venir aussi?

— Je ne sais pas si je pourrai: je devrai peut-être rester à la maison pour garder ma petite soeur: je te rappelle demain.

Catherine et Emmanuel finissaient de laver la vaisselle du déjeuner quand Lôc téléphona pour dire qu'il viendrait dans l'après-midi. Cat venait de raccrocher quand la sonnerie retentit de nouveau. C'était pour Emmanuel, mais Cat ne reconnut pas la voix.

Emmanuel essuyait la dernière assiette et il se frotta les mains sur le tablier avant de répondre.

— Oui? Pardon? Ah bon? J'arrive... Oui.

Il se tourna ensuite vers sa fille.

— Il faut que j'aille à l'hôpital. On met au point les mesures en cas d'un nouvel attentat. Ça me rassure que tes amis viennent passer l'après-midi avec toi. Je serai de retour en début de soirée. Tu te débrouilleras?

— Papa! Je ne suis plus un bébé!

Emmanuel ébouriffa les cheveux de Cat, juste une seconde: le temps de réaliser qu'elle avait mis de la laque. Il sentit le bout de ses doigts et grimaça.

— C'est pour que mes cheveux restent collés sur les tempes. C'est à la mode, papa!

— C'est une vieille mode, alors. On

mettait un genre de colle, nous aussi, dans nos cheveux pour les garder bien lisses vers l'arrière.

Catherine rit: elle imaginait difficilement son père avec des cheveux plaqués. Il avait une tignasse hirsute qu'aucun peigne ne parvenait à discipliner. Alors qu'il partait, Catherine l'embrassa en lui jurant pour la centième fois qu'elle ferait attention aux feux de la cuisinière. Emmanuel avait très peur du feu. Elle aussi: elle était toujours très prudente.

Stéphanie entra par la porte de derrière au moment où Emmanuel Marcoux sortait par la porte de devant. Le Caméléon était caché non loin de la résidence des Marcoux pour surveiller les faits et gestes de ses prochaines victimes. Il ne vit donc pas Stéphanie rentrer pour rejoindre son amie. Et comme la sonnerie de la porte arrière retentissait, Cat ne raccompagna pas son père à sa voiture.

Pendant que Catherine montrait les chatons à Stéphanie, le Caméléon attendait dans sa voiture: une Cadillac grise. Il avait changé d'automobile et avait remis la perruque rousse et la barbe qu'il portait quand il suivait Lôc. Même s'il avait hâte d'en finir, le Caméléon préférait patienter un bon quart d'heure avant de pénétrer dans la maison. Au cas où Emmanuel aurait oublié quelque chose et devrait revenir chez lui.

Les quinze minutes écoulées, le Caméléon sonna à la porte en tenant un mouchoir teinté de rouge contre son front, comme s'il s'était grièvement blessé. Catherine regarda qui sonnait à travers l'oeil magique. Elle ne connaissait aucun homme roux et son père lui avait bien recommandé de n'ouvrir à personne. Stéphanie regarda à son tour.

— Il saigne, Kate!

— J'ai vu! Tant pis: j'ouvre. Il doit avoir eu un accident de voiture dans la courbe noire.

La courbe noire était ainsi baptisée parce qu'il y avait eu plusieurs accidents à ce tournant de la route. Ce n'était pas la première fois qu'on sonnait à la porte des Marcoux pour appeler une ambulance. Catherine ne se méfia pas, surtout quand Stéphanie lui dit qu'elle avait vu une voiture immobilisée alors qu'elle était descendue de l'autobus un peu plus loin.

— C'est sûrement le type de la voi-

ture grise. Je n'ai pas fait attention sur le moment. Je ne pensais pas qu'il y avait encore quelqu'un dans la voiture; elle était près du fossé.

Le Caméléon sonna à nouveau et les deux filles ouvrirent sans plus réfléchir!

L'homme referma vivement la porte derrière lui et la verrouilla avant que les deux amies aient le temps de réagir.

Instinctivement, Catherine et Stéphanie reculèrent: le blessé se conduisait bien étrangement! Le Caméléon laissa tomber son mouchoir taché d'encre rouge, puis il arracha sa perruque et sa barbe. Et Cat et sa copine virent qu'il n'y avait aucune plaie à son front!

Une horrible grimace déforma le visage du meurtrier quand il réalisa que Catherine n'était pas seule! Qui était cette gamine? Il devrait se débarrasser d'elle aussi, sinon il y aurait encore un témoin. Et un témoin qui l'aurait vu sans lunettes, sans barbe, sans perruque et sans moustache! Et qui le regardait comme si elle le reconnaissait malgré sa peur...

Le Caméléon se précipita sur les deux filles en tenant un lacet à la main pour les étrangler. Elles coururent chacune dans des directions opposées. Catherine se rua sur le téléphone pour appeler la police, et Stéphanie courut vers la porte de la cuisine. Malheureusement, Cat l'avait verrouillée, comme son père le lui avait recommandé, après l'arrivée de Stéphanie.

Le Caméléon attrapa Catherine par le bras alors qu'elle décrochait le récepteur et il arracha d'un coup sec le fil du téléphone. Il allait en faire un noeud coulant pour le passer autour du cou de Catherine et l'étouffer quand Stéphanie lui donna un coup dans le dos avec un rouleau à pâte. Le Caméléon sursauta et Cat profita de cette diversion pour lui donner un coup de pied sur un genou afin de lui échapper. Le meurtrier hurla mais se ressaisit vite.

— Ça suffit! Vous allez y passer!

Après avoir frappé le Caméléon, Cat et Stéphanie ressentirent une sorte d'hébétude et elles ne bougèrent pas pendant quelques secondes. Le Caméléon se jeta sur Catherine pour la faire taire, mais Stéphanie réussit à lui donner un croc-en-jambe. Il bascula et lâcha son bras, surpris et déséquilibré. Cat le frappa avec le récepteur téléphonique pour l'assommer et se libérer. Elle réussit à moitié. Il était juste étourdi mais Catherine se dégagea rapidement.

— À la cave, Stéphanie!

Elles couraient plus vite qu'elles n'avaient jamais couru! Elles faillirent dégringoler l'escalier mais elles eurent le temps de s'enfermer dans le laboratoire d'Emmanuel juste avant que le Caméléon les rejoigne. Il essayait d'enfoncer la porte.

— J'ai un passe-partout! cria-t-il.

— Ça ne vous sert à rien! La serrure est une serrure à photoradiations qui ne réagit qu'à ma voix et celle de mon père. Il doit protéger ses secrets!

Pour une fois, les inventions d'Emmanuel Marcoux servaient!

Le Caméléon rageait: ce n'étaient tout de même pas deux gamines idiotes qui allaient avoir raison de lui! Il se calma en examinant la porte; il y avait un espace assez large dans le bas. Il mettrait le feu derrière; les filles seraient bien obligées de sortir pour ne pas être asphyxiées. Cependant, si Cat disait vrai, il y avait des secrets dans la pièce.

Aurait-il le temps de les voler avant de suffoquer lui-même après avoir tué les filles? C'était trop risqué. Il devait trouver une autre solution. Ce serait la patience…

— Je ne suis pas pressé, espèces de garces! Je vais rester devant cette porte jusqu'à ce que vous sortiez… Vous aurez bien faim un jour, dit le Caméléon.

— Mon père vous tuera quand il rentrera! rétorqua Catherine.

— Ton père? Je le tuerai bien avant. Il ne sait pas que je suis ici.

Stéphanie cria que sa mère aussi viendrait et qu'il ne pouvait pas tuer la terre entière. Mais elle n'en était pas certaine: ce criminel était fou!

Cat serrait les dents pour ne pas pleurer et Stéphanie se mordait les lèvres.

— Il faut se débarrasser de ce tueur, sinon il va abattre mon père et ta mère, dit Catherine à voix basse.

— Mais qu'est-ce qu'on peut faire? Personne ne sait qu'on est en danger... C'est bizarre, j'ai l'impression que j'ai déjà vu cet homme...

— Quoi? Où?

— Oui! C'est le type qui attendait dans l'auto en face de l'arrêt d'autobus... Le blond!

Cat s'exclama:

— C'est sûr! C'est le faux gardien de l'hôpital! C'est sa voix, je reconnais sa voix! C'est lui qui nous a bousculés près du labo, Lôc et moi. Oh! Lôc! Lôc!

— Quoi? Lôc?

— Il doit venir, lui aussi, voir les chatons! Il ne faut pas qu'il se fasse attraper!

— Comment veux-tu qu'il devine qu'on est prisonnières?

— Il faut qu'on ressorte et qu'on neutralise le bandit!

— Es-tu folle, Cat? Il a dit qu'il allait nous tuer! Moi, je ne bouge pas d'ici!

— J'ai un plan!

Catherine expliqua à Stéphanie qu'elles allaient aveugler le tueur en lui envoyant de l'ammoniac dans les yeux.

— De l'ammoniac?

— Ou un autre acide. L'important, c'est qu'il soit hors d'état de nuire le temps qu'on s'enfuie de la maison!

— Et ensuite? Votre demeure est très loin de celle des voisins. On n'aura pas le temps de s'y rendre avant qu'il nous rattrape. Il est en voiture, lui!

— On n'a rien à perdre! S'il tue ta mère et mon père, il va nous tuer aussi. Viens m'aider à fabriquer le produit.

Heureusement, Stéphanie était la deuxième de la classe en chimie. Les deux amies trouvèrent les ingrédients nécessaires à la fabrication de leur arme.

Pendant ce temps, Lôc était descendu du bus. Il avait remarqué la voiture grise garée à l'écart de la route. Et il avait trouvé ça bizarre... Qui pouvait abandonner une voiture neuve?

Lôc venait d'un pays où il y avait la guerre, et donc du danger, et il se méfiait naturellement. Il se rendit chez Catherine en surveillant sans cesse les alentours. Il flairait le danger et il décida de ne pas sonner tout de suite à la porte d'entrée. Il préférait regarder par les fenêtres s'il ne voyait pas quelque chose de suspect. Et par la vitre du salon, il vit un fauteuil renversé, le fil du téléphone arraché.

«On s'est battus dans cette pièce», se dit-il.

Il faillit tenter d'entrer dans la maison. Mais si c'était le propriétaire de la voiture qui avait fait ce saccage, il devrait se mesurer à lui. Lôc pratiquait le karaté depuis cinq ans, mais serait-ce suffisant? Il trouva un baton de balle-molle dans le garage attenant à la maison. Puis il revint vers la porte d'entrée. Celle-ci était bien verrouillée. Et celle de l'arrière aussi. Que faire?

Il cria «Catherine» pour l'avertir qu'il était là. Il essaya en même temps de deviner où elle était dans la maison et si elle pouvait lui répondre.

Cat et Stéphanie qui l'entendirent se mirent à crier:

— Va-t'en, Lôc! Il va te tuer!

De l'autre côté de la porte, le Camé-léon se précipita aussitôt pour aller voir

qui rôdait autour de la maison. Il
n'attendait pas le père de Catherine
avant la fin de la journée car il savait
qu'il était en réunion à l'hôpital. Qui
venait le déranger?

Quand le Caméléon reconnut le
Vietnamien qu'il avait bousculé avec
Cat, sa fureur décupla! Qu'est-ce que
cet imbécile venait faire là? Le bandit
ouvrit la porte arrière pour surprendre

Lôc qui avait sonné à la porte avant. C'était justement ce que Lôc espérait. Alors que le Caméléon contournait silencieusement la maison pour attraper Lôc, celui-ci faisait la même chose en sens inverse. Il entra ainsi par la porte arrière laissée ouverte par le tueur.

Quand le Caméléon vit qu'il n'y avait plus personne à la porte d'entrée, il comprit que Lôc l'avait joué. Il pénétra en hurlant dans la maison et se précipita vers la cave.

Une mauvaise surprise l'attendait: les trois amis avaient tendu une corde dans l'escalier. Le Caméléon débarqua onze marches et atterrit dans un piteux état! Malgré la peur qu'ils avaient éprouvée, Cat, Stéphanie et Lôc rirent en voyant les grimaces de douleur du Caméléon. Avant qu'il ne réagisse, ils se ruèrent sur lui et l'attachèrent avec une grosse corde.

— Il faut appeler la police, dit Lôc.

— On ne peut pas, le fil est arraché!

— Ah oui! J'avais oublié, je l'ai vu par la fenêtre. C'est d'ailleurs comme ça que je me suis douté de quelque chose. Qu'est-ce que ce bandit voulait?

— Tu ne l'as pas reconnu? Moi non plus, dit Cat. Mais imagine-le avec une moustache et des lunettes...

— C'est le saboteur!

— Oui! Sale *gian diêp*! fit Catherine avec mépris.

— Qu'est-ce qu'on fait? demanda Stéphanie. Il faut qu'un de nous aille chercher les policiers. Je peux y aller...

Catherine n'avait pas tellement envie de rester avec le Caméléon. Il répétait qu'il avait des complices qui viendraient le délivrer et les tuer. Ils leur feraient subir les pires tortures s'il n'était pas libéré immédiatement.

— Prends la bicyclette, Stéphanie, dit Lôc. Tu iras plus vite. Nous, on va s'enfermer dans le laboratoire jusqu'à ton retour avec les policiers. Mais fais vite!

Ils traînèrent le Caméléon dans le laboratoire. Comme il se débattait, Cat lui fit respirer de force de l'éther. Il était toujours aussi lourd ensuite, mais au moins il ne proférait plus d'horribles menaces!

— Tu crois que c'est vrai qu'il a des complices? demanda Catherine à Lôc.

— Je ne sais pas. Mais ça m'étonnerait. Les espions n'agissent pas en gang.

— Tu en es sûr?

— Sûr, dit Lôc qui mentait un peu.

Il ne connaissait pas tellement les agissements des espions et des tueurs. Il disait cela pour rassurer Catherine. Après tout, il était son aîné de six mois.

— Fouillons-le, Cat! Il a peut-être des armes sur lui.

— Il les aurait utilisées, non?

— Et s'il avait du cyanure? Pour se suicider en cas d'arrestation? Pour éviter d'être pendu?

— Non, on ne pend plus les gens depuis longtemps. Il n'y a pas de peine capitale ici. Au cas où on arrêterait quelqu'un qui n'est pas coupable... Un plan de l'hôpital!... On n'aurait pas dû endormir l'espion avec l'éther, on aurait pu lui poser des questions. Je voudrais bien savoir quel était son but!

— Les policiers vont l'interroger.

Cat fit une moue:

— Oui, et ensuite ils ne voudront rien nous dire. Ils prétendront que ce sont des secrets d'État et qu'on est trop

jeunes. Ce n'est pas juste! On est toujours trop jeunes!

Cat se trompait. Les policiers expliquèrent que le Caméléon était recher-
ché depuis longtemps par l'Interpol pour
des meurtres à l'étranger. Ses derniers
crimes et les attentats devaient saboter
les recherches en laboratoire pour qu'on
ne soit pas tenté d'agrandir ce dernier.
Car les nouvelles installations auraient
été construites sur des terrains convoi-
tés par le grand patron du Caméléon.

Pour Catherine, Lôc et Stéphanie,
c'était vraiment fou de tuer tant de gens
pour des terrains où il n'y avait même
pas d'or. Mais ils n'en dirent rien à personne. Surtout pas aux journalistes!

Ceux-ci étaient venus les interroger
à peine une heure après que les policiers furent arrivés. Stéphanie avait
vraiment pédalé comme si des dragons
avaient été à ses trousses! Dans sa
hâte, elle avait même oublié son amour
pour monsieur Pépin, ce qui ne lui était

pas arrivé depuis longtemps! Elle avait frappé à la porte des voisins qui n'avaient pas compris ce qu'elle racontait, mais qui lui avaient permis d'utiliser leur téléphone.

Les policiers doutaient un peu de ce que Stéphanie leur racontait. Mais comme il s'agissait du responsable des attentats, ils décidèrent de l'écouter attentivement. Si elle disait la vérité?

Ils arrêtèrent le Caméléon facilement et félicitèrent les trois amis de leur courage. Quand le père de Catherine et la mère de Stéphanie rentrèrent à la maison, elle était remplie de reporters. Cat embrassa Emmanuel qui ne comprenait rien aux explications trop rapides qu'elle lui fournissait! Il finit par tout savoir et fut très très fier d'elle.

Il remerciait Lôc de son aide et voulait voir Stéphanie, mais celle-ci posait pour un photographe près de la bicyclette. Catherine sourit malicieusement à son père.

— Je crois que ce photographe est en train de faire oublier monsieur Pépin à Stephy. Tant mieux, je ne savais pas qui on pouvait interviewer!

— Interviewer? Quoi? Qui?

— Je te raconterai une autre fois, dit Cat. Et je te préviens: ce n'est pas moi qui fais la cuisine ce soir. Avec tout ce désordre!

— Non, dit Emmanuel en riant. Je vous emmène tous au restaurant!

Achevé d'imprimer
sur les presses des Ateliers des Sourds Montréal (1978) inc.